Dieses Buch gehört:

____

Die besten Detektivgeschichten

Mit Silbentrennung zum leichteren Lesenlernen

Der Bücherbär
1. Klasse

Liebe Eltern,

jedes Kind ist anders. Manche kennen bereits alle Buchstaben in der Vorschule und können erste Wörter lesen. Andere Kinder lernen das Abc in der Schule. Für das spätere Leseverhalten ist es jedoch völlig unerheblich, wann das Alphabet gemeistert wird. Wichtig aber ist der Spaß am Lesen – von Anfang an. Deshalb ist das Bücherbär-Erstleserprogramm konzeptionell auf die Fähigkeiten und Bedürfnisse der Kinder abgestimmt.

Dieses Buch richtet sich an Leseanfängerinnen und Leseanfänger in der 1. Klasse. Die besonders übersichtlichen Leseeinheiten und kurzen Zeilen sind ideal zum Lesenlernen. Das Hervorheben der Sprechsilben hilft dabei, ein Wort richtig zu lesen und zu verstehen. So kann jede Sprechsilbe erkannt werden: Idee, Radio. Zusätzlich regen lustige Rätsel und Verständnisfragen zum Nachdenken und zum Gespräch über die Geschichten an. Denn Kinder, die viel Gelegenheit zum Sprechen haben, lernen auch schneller lesen.

Ihr Bücherbär

Empfohlen von Westermann

Arena

Die besten Detektivgeschichten

Ein Verlag in der Westermann Gruppe

RECYCLED
Papier aus Recyclingmaterial
FSC® C110508

Der Bücherbär
1. Auflage 2024

Rottendorer Straße 16, 97074 Würzburg

Dieser Band enthält:
„Polizeigeschichten" von Henriette Wich
mit Illustrationen von Nadine Resch,
„Missi Moppel. Krimigeschichten" mit Texten und
Illustrationen von Andreas H. Schmachtl,
„Detektivbüro Eulenauge. Willi Watson auf der Spur der fiesen Briefe"
von Ulrike Kaup mit Illustrationen von Marta Balmaseda
Cover: Nadine Resch
Gesamtherstellung: Westermann Druck Zwickau GmbH
Gedruckt in Deutschland
ISBN 3-401-72070-8

Besuche den Arena Verlag im Netz:
www.arena-verlag.de

Inhalt

Henriette Wich

Polizeigeschichten

Bilder von Nadine Resch

Henriette Wich

ist eine erfolgreiche Kinderbuchautorin, besonders wenn es um spannende Krimis und Detektivgeschichten geht. Sie studierte Germanistik und Philosophie und war als Lektorin tätig. Seit 2000 schreibt sie eigene Kinder- und Jugendbücher, u. a. auch für die Bestsellerreihe „Die drei !!!". Sie lebt mit ihrer Familie in Regensburg.

Nadine Resch

malt und zeichnet, seit sie einen Stift halten kann. Sie studierte Produktdesign an der FH Düsseldorf und arbeitete mehrere Jahre als Schmuckdesignerin, ehe sie ihre Liebe für die Kinderbuch-Illustration entdeckte.

Die Geschichten

In diesen Geschichten spielen mit:

Schwierige Wörter im Text:

Smiley (sprich: Smaili)

Polizei-Kontrolle

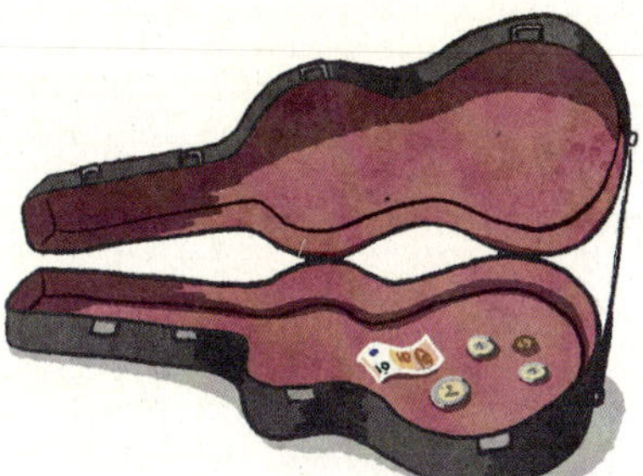

Gitarren-Koffer

Klebeband

Handschellen

Spürhund

Immer schön langsam

Jette, Nala und Anton malen
mit Kreide ein Polizei-Auto.
Polizistin Pia malt einen Smiley.
Sie erzählt: „Bald gibt es
in unserer Straße
eine Tafel mit einem Smiley.
Der Smiley lacht,
wenn ein Auto langsam fährt.

Und er sieht traurig aus,
wenn jemand zu schnell ist.“

Nala fragt neugierig:
„Woher weiß der Smiley das?“

Pia zeigt auf ein blaues Haus
und auf ein rotes.
Sie sagt: „Er zählt, wie lange
ein Auto für den Weg braucht.“

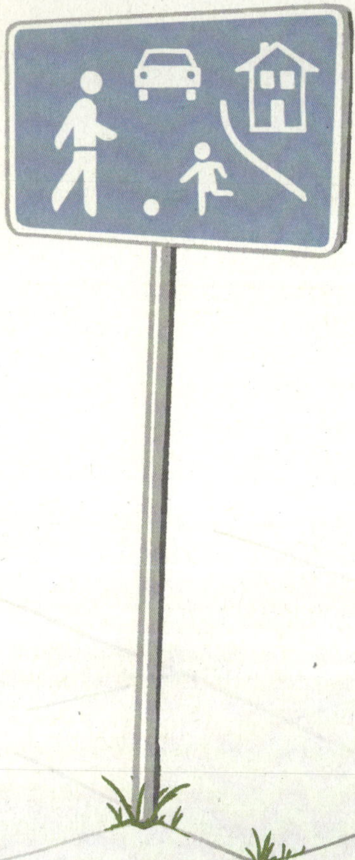

„Da kommt ein Auto!“,
ruft Jette aufgeregt.
Die Kinder zählen laut:
„Eins, zwei, drei!“

Erst jetzt ist das Auto
beim roten Haus.
Es war schön langsam.

„Tschüss!“, sagt Pia.
Sie muss los zum Dienst.

Anton hat eine tolle Idee.
„Leute, wir spielen
Polizei-Kontrolle!“
Die drei Freunde basteln
eine Polizei-Kelle.

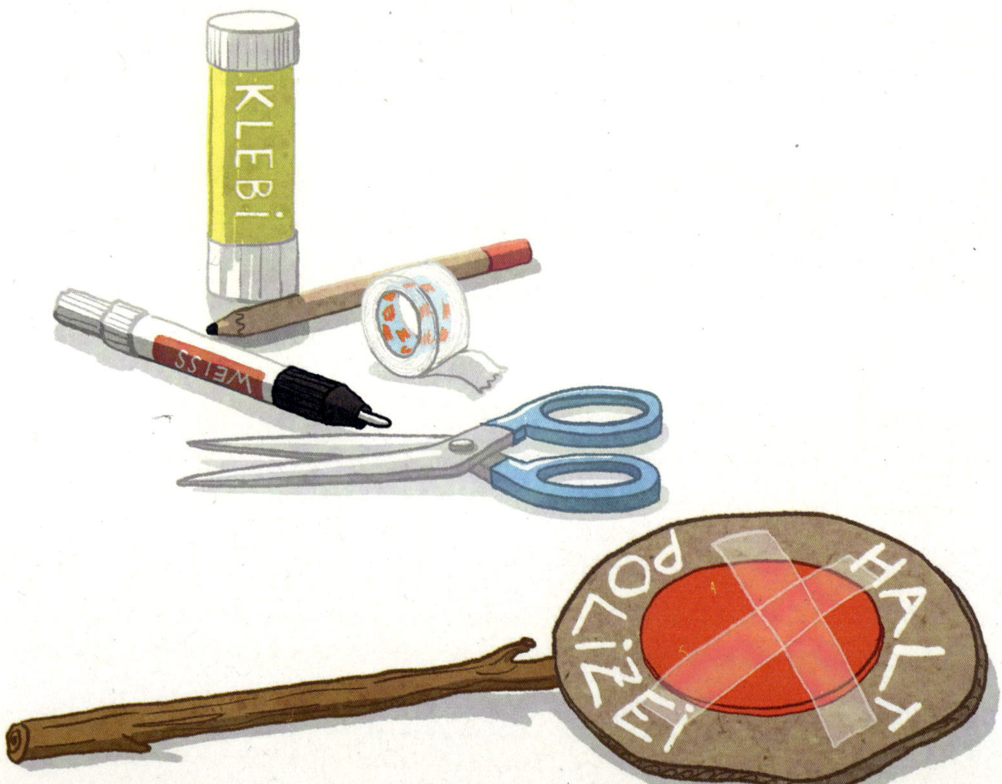

Sie warten vor dem roten Haus.
Ein Auto braust heran.
„Eins, zwei ...“,
zählen die Kinder.
Das Auto ist schon jetzt
beim roten Haus!

„Stopp!“, ruft Nala.
Jette winkt mit der Kelle.

Warum basteln die Kinder eine Polizei-Kelle?

Das Auto hält an.
Es ist Herr Bode, ein Nachbar.
Er fragt kleinlaut:
„War ich zu schnell?“

Die drei Freunde nicken.
„Oje, tut mir leid“,
sagt Herr Bode und wird rot.

Am nächsten Tag
fährt Herr Bode extra langsam.
Jette, Anton und Nala winken
ihn trotzdem raus.

Anton schenkt dem Nachbarn
ein Bild mit einem grünen Smiley.
„Weiter so!“,
sagen Nala und Jette.

Welches Kind hat welchen Smiley gemalt?

Der singende Dieb

Jette, Nala und Anton spielen
Räuber und Polizei.
Plötzlich hören sie
tolle Musik.

Die Freunde rennen hin.
Eine Frau mit Gitarre singt.
Sie heißt Moni
und ist richtig gut.

Auch andere Leute bleiben stehen
und hören zu.
Einige werfen Münzen
in den Gitarren-Koffer.

Ein blonder Mann klatscht.
Eine Rolle Klebeband fällt
aus seiner Jackentasche.
Anton hebt die Rolle auf.

„Sie haben was verloren“,
sagt Anton und lächelt.

Der Mann stopft die Rolle
schnell in seine Jacke.
Er sagt nicht mal Danke.
Nala murmelt:
„Ist der aber unfreundlich!“

Der Mann wirft etwas
in den Gitarren-Koffer.
Dafür braucht er
verdächtig lange.

Danach hat er es eilig.
Jette flüstert aufgeregt:
„Der Mann ist seltsam.
Den beschatten wir!“

Warum möchten die Kinder den Mann beschatten?

Der blonde Mann spaziert
in den Park.
Er ist gut gelaunt
und singt Monis letztes Lied.

Plötzlich taucht Moni auf.
Sie ist wütend und ruft:
„Man hat mich beklaut!"

Der Mann sieht sich um
und läuft los.

„Haltet den Dieb!“,
ruft Nala und rennt hinterher.

Pia hält den Mann auf.
Sie ist mit Marco und Henri
auf Streife im Park.

„Hände hoch!“, brüllt Anton.
Der Mann erschrickt
und reißt beide Hände hoch.
Innen kleben lauter Münzen!
Pia lobt die Kinder.
Dann nimmt sie den Dieb fest.

Worum geht es in Monis Lied?
Sammle die Buchstaben auf.

Auf frischer Tat ertappt!

Heute hat Pia Geburtstag.
Anton und Papa haben
einen Kuchen gebacken.
Obendrauf parkt
Antons kleines Polizei-Auto.

„Hm, lecker!“,
schwärmt Marco.
Henri freut sich über Krümel.

„Möchtest du
ein zweites Stück?“,
fragt Anton seine Mama.

Pia schüttelt den Kopf.
„Der Rest ist für Oma.
Die kommt morgen zu uns.“

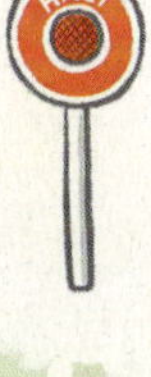

Warum möchte Pia kein zweites Kuchenstück?

Der Nachmittag ist toll.
Anton versteckt
Marcos Handschellen.
„Henri, such!“,
sagt Marco leise.

Henri nimmt die Spur auf.
Er findet das Versteck sofort.

Am Abend lesen Pia und Anton
einen spannenden Krimi.
Anton weiß schon bald,
wer der Täter ist.

„Gute Nacht!“, sagt Pia.
Aber Anton kann
nicht gleich einschlafen.

Plötzlich hört Anton
leise Schritte auf dem Flur.
Er steht auf und lugt vorsichtig
aus der Tür.

Da schleicht jemand
die Treppe hinunter!
Ein Einbrecher?

Unten an der Treppe
flackert ein Licht!
Antons Herz klopft wild.

Mutig schleicht er
dem Flackern hinterher
bis in die Küche.

„Achtung, Polizei!“, ruft Anton
und knipst das Licht an.
Da klirrt eine Gabel.
Pia starrt Anton
mit großen Augen an.

„Tja, jetzt muss ich dich
leider verhaften“,
sagt Anton und grinst.

Wie viele Unterschiede findest du?

Das Müll-Rätsel

Jette, Nala und Anton
freuen sich aufs Straßenfest.
Es ist schon heute Abend.
Bis dahin gibt es noch
so viel zu tun!

Die Kinder tragen
den Grill auf die Straße.
Und Kissen und andere Sachen,
die man so braucht.

Als sie wieder mal bepackt
aus dem Haus kommen,
reißen sie die Augen auf.

Da hat jemand am Zaun
Müll abgeladen!
Ein kaputtes Radio, Dosen,
alte Zeitungen
und einen Schal mit Löchern.

„Das geht gar nicht!“,
sagt Nala empört.

Warum ärgert sich Nala?

Jette reibt sich die Hände.
„Wir haben einen Fall!“
Die drei Freunde suchen
nach Spuren.

Plötzlich ruft Anton:
„Ich hab eine Idee!
Wir brauchen Henri
als Spürhund.“

Die Kinder laufen zu Marco.
Henri schnuppert am Schal.
Er saust eine Straße weiter
zum Haus von Frau Krims.

Anton drückt auf die Klingel.
Frau Krims macht auf.
Jette fragt: „Haben Sie
den Müll am Zaun abgestellt?“

Frau Krims sagt:
„Ja, klar, ich hatte auch
Sperrmüll übrig!“
Dann macht sie die Tür zu.

„Das müssen wir aufklären“,
sagt Nala.
Diesmal klingelt Jette.
Anton erzählt vom Fest.

„Was?“, ruft Frau Krims.
„Heute ist ein Fest? Ach so!
Tut mir leid mit dem Müll.“

Alle helfen und bringen
den Müll zur Sammelstelle.
Marco lädt Frau Krims ein.
Nun haben Nala, Jette und Anton
echt was zu feiern!

Zu welchem Haus läuft Henri?

Lösungen

Seite 20: Die Kinder basteln eine Polizei-Kelle, weil sie Polizei-Kontrolle spielen möchten.

Seite 23: Anton hat den roten Smiley gemalt, Nala den gelben Smiley und Jette den grünen Smiley.

Seite 27: Die Kinder möchten den Mann beschatten, weil sie ihn seltsam finden.

Seite 31: In Monis Lied geht es um den SOMMER.

Seite 33: Pia möchte kein zweites Kuchenstück, damit noch genug Kuchen für Oma übrig bleibt.

Seite 39: Es gibt vier Unterschiede.

Seite 42: Nala ärgert sich, weil jemand am Zaun Müll abgeladen hat.

Seite 47: Henri läuft zum blauen Haus.

Andreas H. Schmachtl

Missi Moppel Krimi-Geschichten

Andreas H. Schmachtl wurde 1971 geboren und studierte Kunst, Germanistik und Anglistik. Seit 2007 erzählt und illustriert er mit viel Liebe zum Detail und zu seinen Figuren zauberhafte und abenteuerliche Geschichten von Mäusen, Kaninchen, Igeln und anderen kleinen Wesen, deren Schutz und Erhalt ihm besonders am Herzen liegen. Seine Bücher erscheinen exklusiv im Arena Verlag.

Die Geschichten

In diesen Geschichten spielen mit:

Missi Moppel

Frau Moppel (Missis Mutter)

Dame vom Museum

Piwi Pots (Missis bester Freund)

Schwierige Wörter im Text:

Bücherwurm

Klassen-Rüpel

Wunderpott

Armbanduhr

Computer-Ass

Saugnäpfe

Der Wunderpott ist weg

Missi Moppel ist das,
was man einen Bücherwurm
nennt.
Missi liest fast jedes Buch.
Und was sie dabei lernt,
das behält sie auch.
Das ist ziemlich praktisch.

Missi ist aber auch
eine richtige Spürnase.
Jede kleine Kleinigkeit
bemerkt sie sofort.
Rätsel löst sie mit links.
Darum ist es echt praktisch,
wenn man Missi kennt.

„Missi!“, ruft ihre Mutter
aus der Küche.
Frau Moppel erforscht
übrigens Altertümer.
Zum Beispiel
den kostbaren Wunderpott.

„Was ist los?“, fragt Missi.
„Der Wunderpott ist weg“,
erklärt Frau Moppel.
„Nicht schon wieder“,
seufzt Missi.
Dieser uralte Pott
verschwindet nämlich
fast regelmäßig.

„Ich trinke gerade
meinen Tee“,
sagt Frau Moppel.
„Mit Milch?“,
fragt Missi.
„Wie immer“, nickt Mama.
Missi blickt sich genau um.

Hier stimmt doch etwas nicht.
Missi untersucht den Becher.
Damit ist alles in Ordnung.
Aber die Milchflasche
steht noch auf dem Tisch.
„Echt interessant“,
sagt Missi.
Denn sie hat eine heiße Spur.

Missi öffnet den Kühlschrank.
Und da steht der Wunderpott.
„Du hast den Pott
statt der Milchflasche
in den Kühlschrank gestellt“,
lacht Missi.
„Hoppla“, sagt Frau Moppel.
Und damit ist der Fall gelöst.

Finde den Wunderpott!

Was erforscht Missis Mutter?

Die Lurch-Suche

Piwi Pots ist Missis bester Freund.
Dann ist der Lurch noch
ein Computer-Ass.
Außerdem ist der gute Piwi
echt klein!

Die Klassen-Rüpel stopfen
Piwi regelmäßig in den Spind.
Manchmal auch ins Lehrerpult.
Oder er baumelt am Kleiderhaken.
In seinem Turnbeutel!
Dann muss Missi ihn
immer retten.

Als Missi in die Klasse kommt,
sitzt Piwi schon wieder nicht
auf seinem Platz.
Obwohl seine Sachen
neben dem Tisch stehen.
Missi macht sich sofort
auf die Suche.

„Wehe, wenn ihr Piwi schon wieder
irgendwo eingesperrt habt“,
sagt Missi.
Dabei funkelt sie
die Klassen-Rüpel
warnend an.
„Wir haben nichts gemacht“,
antworten sie.
Mit Missi legt man sich
besser nicht an.

Neben Piwis Tasche entdeckt Missi
ein buntes Irgendwas.
Es ist ein Bonbon-Papier.
„Echt interessant“, sagt Missi.
Sie hat eine heiße Spur.
Gleich neben der Tür liegt
nämlich noch ein Papier.

Im Flur findet Missi noch eins.
Und zwar genau vor Piwis Spind.
Missi horcht an der Tür.
Im Spind hört sie leises Knistern
und Rascheln.
Und dann sagt jemand:
„Die Dinger sind echt lecker."

Missi öffnet den Spind,
entdeckt Piwi und staunt:
„Hast du dich etwa
selbst eingesperrt?“
„Habe ich“, antwortet er
und zeigt auf die Bonbons.
„Ich wollte meine Ruhe haben.“
„Ach Piwi“, lacht Missi.

? Warum passt Piwi sogar
in einen Turnbeutel?

In welchem Turnbeutel hockt Piwi?

Der Maulwurf

Der Maulwurf ist da!
Nun, eigentlich handelt es sich
um das Bild von einem Maulwurf.
Ein Gemälde.
Und zwar um ein weltberühmtes.
Natürlich will es
praktisch die ganze Stadt sehen.

Auch Missi und Piwi haben
sich angestellt.
Die Schlange vor dem Museum
ist so lang.
Doch gerade als die zwei
fast keine Lust mehr haben,
kommen sie ins Museum
und stehen vor dem Maulwurf.

„Das Bild ist sehr kostbar
und schon viele Hundert Jahre alt“,
erklärt die Dame vom Museum.
Missi nimmt den Maulwurf
genau unter die Lupe.
Und schließlich murmelt sie:
„Wohl kaum.“

„Was ist los?“, flüstert Piwi.
„Das wüsste ich auch gern“,
sagt die Dame und schaut
die beiden böse an.
Missi stört das nicht.
Sie hat ja eine Spur entdeckt
und sagt:
„Das Ding ist eine Fälschung!“

„So eine Frechheit!
Das kannst du niemals beweisen!“,
ruft die Dame
und wedelt mit dem Finger
vor Missis Nase herum.
„Doch“, antwortet Missi.
„Das ist eine Kleinigkeit.“

Missi hat den Fehler entdeckt.

Findest du ihn auch?

„Erstens trägt der Maulwurf
eine Armbanduhr.
Die gab es damals aber noch nicht“,
sagt Missi zu der Dame.
„Zweitens haben SIE Farbe
am Finger.
Sie haben das Bild
nämlich selbst gefälscht.“

„Warum sollte ich das tun?“,
fragt die Dame zurück.
„Weil Sie das Eintrittsgeld
haben wollen“, sagt Missi.
„Ein Haufen Kohle“,
stellt Piwi fest.
„Eben“, nickt Missi.
Damit ist der Fall gelöst!

? Warum ist das Bild angeblich
so kostbar?

Spuk in der Schule

In der Schule spukt es.
Die Schüler hören dieses Ploppen.
Und auf den glatten Böden
erscheinen kleine Kreise.
Dann kommt auch noch ein
„Hallo!“ wie aus dem Nichts.
Gruselig!

Missi geht der Sache auf den Grund.
Unter der Lupe sehen die Kreise
wie Abdrücke
von acht langen Armen aus.
Und sie sind nass!
Plötzlich sagt jemand: „Hallo."

Missi wirbelt herum,
kann aber niemanden sehen.
Dafür hört sie das Ploppen.
Wie kleine Saugnäpfe klingt es.
Und Missi folgt dem
„Plopp, plopp, plopp"
bis zur Schwimmhalle.

Schließlich erkennt Missi:
Das Etwas ist nicht unsichtbar.
Aber es kann seine Farbe
an den Hintergrund anpassen.
Dadurch ist es fast unsichtbar.
Und jetzt gleitet es
mit einem leisen Platschen
ins Schwimmbecken.

„Saugnäpfe, acht Arme,
fast unsichtbar und ein Wassertier,
echt interessant“, sagt Missi.
Das hat sie in dem Buch
über Meerestiere gelesen und weiß,
wer durch die Schule schleicht.
Es ist bestimmt kein Geist.

„Bist du neu?“, fragt Missi.
Da erscheint ein Oktopus
und sagt: „Ja, ich bin Uwe.
Ich mache mich mal sichtbar.“
„Gern. Und vielleicht könntest du
fortan warten, bis jemand
auf dein Hallo antwortet“,
sagt Missi.

„Würde ich ja“, sagt Uwe.
„Ich muss nur ständig zurück
ins Wasser. So lerne ich nie
jemanden kennen.“
„Das können wir ändern“,
sagt Missi.
Sie schnappt Uwe,
setzt ihn in einen Wassereimer
und nimmt ihn mit ins Klassenzimmer.
Der Fall ist gelöst.

Warum kann zuerst niemand Uwe sehen?

Finde den richtigen Weg aus dem Schwimmbecken!

Lösungen

Seite 63:

Hier ist der Wunderpott:

Seite 63: Frau Moppel erforscht Altertümer.

Seite 70: Piwi ist sehr klein. Deshalb passt er sogar in einen Turnbeutel.

Seite 71: In diesem Turnbeutel hockt Piwi:

Seite 77: Vor vielen Hundert Jahren gab es noch keine Armbanduhren.

Seite 79: Das Bild ist angeblich kostbar, weil es sehr alt sein soll.

Seite 86: Tintenfisch Uwe kann sich an seinen Hintergrund anpassen.

Seite 87:

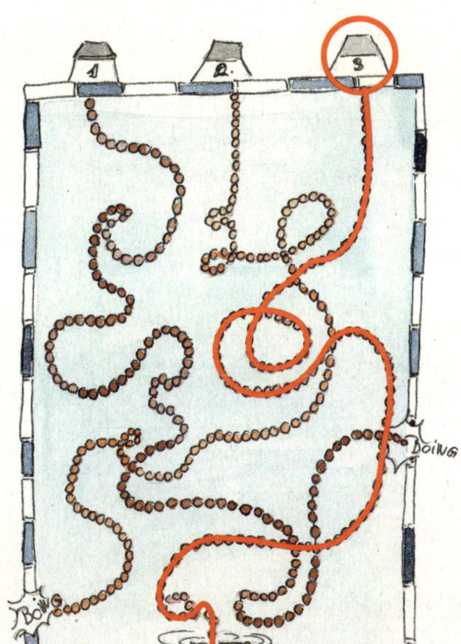

Ulrike Kaup

Detektivbüro Eulenauge

Willi Watson auf der Spur der fiesen Briefe

Bilder von Marta Balmaseda

Ulrike Kaup
wurde in Gütersloh geboren. Sie studierte Germanistik, Praktische Philosophie und Sozialwissenschaften in Münster und schrieb schon immer gerne Geschichten. Inzwischen tut sie das im Ruhrgebiet und auf einer kleinen griechischen Insel, wo sie am Morgen gleich ins Meer springen kann.

Marta Balmaseda
wurde im spanischen Gijón geboren. Nach dem Studium der Kunsterziehung an der Kunsthochschule in Sevilla hat sie sich mehrere Jahre der Illustration, dem Grafikdesign und der Wandmalerei gewidmet. Heute lebt und arbeitet Marta Fernandez Balmaseda in München.

Die Kapitel

In dieser Geschichte spielen mit:

Schwierige Wörter im Text:

der Stinkstiefel

der Störenfried

das Picknick

das Taschentuch

der Popel-Prinz

der Zombie

der Kartoffel-Kopf

Kleine bunte Briefe

Ida und Lou sind
auf dem Weg zum Detektivbüro.
Gerade wollen sie abbiegen,
da fällt Lous Blick
auf die alte Weide.

„Nanu!“, ruft Lou.
„Wer hat so schöne Briefe
an die Äste gehängt?“

Lou ist neugierig.
Sie schnappt sich
einen Brief.

Sie öffnet ihn
und liest laut vor.

Hallo, du Blöd-Birne!

„Halt, Lou!“, ruft Ida.
„Keine Beweise vernichten!
Das ist ein Fall
für das Detektivbüro Eulenauge.“

„Hier hast du
noch mehr Beweise“,
sagt Lou trotzig
und pflückt gleich
zwei Briefe vom Baum.

Ein alter Stinkstiefel!

Willi Watson hört genau zu,
als Lou und Ida
von dem Briefe-Baum erzählen.

„Aha! Jemand will uns ärgern.
Kann es sein,
dass dieser Jemand sich
über uns geärgert hat?“,
überlegt Willi Watson laut.

„Du meinst:
Wie du mir, so ich dir“,
sagt Lou.

„Ich öffne jetzt
die zwei anderen Briefe“,
kündigt Willi an.

„Wer das schreibt,
ist ein Stinkstiefel!“,
schimpft Lou.

„Das ist kein Streich mehr“,
stellt Willi Watson fest.
„Hier will uns jemand
die Laune verderben.
Wir werden den Tatort
nach Spuren absuchen.“

„Da hat er sich versteckt
und darauf gewartet,
dass wir seine Briefe lesen“,
vermutet Willi Watson.

Der Täter hat große Füße.
Er mag Bananen, aber keine Mülleimer.

Es hat sich wohl noch jemand geärgert.

„Das ist das Taschentuch
von Kurt, dem Waschbären“,
sagt Ida.
„Stimmt!“, sagt Willi.
„Wir werden Kurt gleich
zu dem Brief befragen.“

Lou hat auch eine Idee.

Der Täter soll ruhig kommen und mehr Briefe aufhängen.
Wer zuletzt lacht, lacht am besten.

„Da ist ja mein Taschentuch“,
freut sich Kurt, der Waschbär.
„Wo habt ihr es gefunden?“

„Es lag an der alten Weide“,
sagt Ida.
„Neben diesem Brief!“

„Bloß weg damit!“,
ruft Kurt aufgebracht.
„Wisst ihr, was da drinsteht?
Blöder Saubär!“

Rosenduft

„Nicht aufregen, Kurt!“,
beruhigt Willi seinen Freund.
„Bei einem Picknick
verzieht sich jeder Ärger.“
„Erst recht
mit guten Freunden!“,
ergänzt Ida.

KrimsKrams
Laden

Nach Honigbrot und Apfelmus
fragt Willi:
„Sag mal, lieber Kurt,
ist jemand aus dem Wald
richtig böse auf dich?“

Und Ida will von ihm wissen:
„Ist dir in letzter Zeit
etwas aufgefallen?
Der ganze Wald
kauft doch bei dir ein!“
„Hmm …“, brummt Kurt.
„Der Hasen-Emil hat neulich
viele bunte Stifte gekauft.“

Auf einmal erhebt sich Lou
und läuft einfach los.

Das Haus
vom Hasen-Emil!

Vorsichtig schleichen sich
Willi und Kurt
ans Fenster heran.

Emil sitzt am Tisch.
Er schreibt etwas
auf kleine Zettel.

Ertappt!

Ohne anzuklopfen,
öffnet Willi
die Tür zu Emils Haus
und tritt ein.

Emil springt auf.
Er ist zu Tode erschrocken.
Seine Zettel wirbeln
wild durcheinander.

Ertappt! Lügen zwecklos.
Das merkt Emil sofort.
„Ich wollte doch nur
zurück-ärgern“, jammert er.
„Weil ihr alle
mich ausgelacht habt,
als ich am Waldfest
in die Pfütze gerutscht bin!“

Du hast ja auch geguckt wie ein begossener Pudel!

„Wer sich und andere ärgert,
verlernt das Lachen
und verdirbt sich das Leben“,
sagt Ida.

„Deshalb musst du zur Strafe
schöne Briefe schreiben“,
beschließt Willi Watson.

„Schreib doch einfach
tolle Einladungen!“,
ruft Lou begeistert
„Die hängst du dann
an den Baum.“

Emil ist erleichtert.
Glück gehabt, denkt er
und macht sich an die Arbeit.

Welche Einladung
ist in welchem Briefumschlag?

Buchstaben- und Leserätsel

Finde den richtigen Reim!

Lou mag keine bösen Worte,
lieber eine Möhren-__________.
(Suppe/Torte)

Eintritt verboten
mit nassen _____________!
(Pfoten/Tatzen)

Kurt hat eine große Wut.
Das tut ihm gar nicht ___________.
(gut/gefallen)

Silbenrätsel

Ordne die Silben,
dann erkennst du das Wort.

Emil lacht, wenn Lou sich ärgert.
Er hat ___________________.

den freu Scha de

Was mag Willi Watson?

Die Anfangsbuchstaben verraten es dir.

Willi freut sich über Honigbrote,
über ein warmes Feuerchen
und über

___ ___ ___ ___ ___ ___ .

Die Lösungen findest du
auf der nächsten Seite.

Lösungen

So heißt es richtig:
Lou mag keine bösen Worte,
lieber eine **Möhren-Torte**.

Eintritt verboten
mit nassen **Pfoten**!

Kurt hat eine große Wut.
Das tut ihm gar nicht **gut**.

Emil lacht, wenn Lou sich ärgert.
Er hat **Scha-den-freu-de**.

Willi freut sich über Honigbrote,
über ein warmes Feuerchen
und über **Ferien**.

F E R I E N

Sachwissen für Erstleser

Der Wald
978-3-401-71730-2

Die Honigbiene
978-3-401-71773-9

Der Fuchs
978-3-401-71722-7

Die Delfine
978-3-401-71834-7

Jeder Band: Ab 6 Jahren • Sachwissen für Erstleser • Durchgehend farbig illustriert • Gebunden • Format 15,9 x 21,1 cm

Sehr einfache Textgliederung

Große Fibelschrift und kurze Zeilen

Viele farbige Bilder

Innenseite aus »Die Wildkatze«
ISBN 978-3-401-71573-5

Der Bücherbär
1. Klasse

Themengeschichten mit Silbentrennung

Die kleine Eulenhexe
Lustige Abenteuergeschichten
978-3-401-71735-7

Fußballgeschichten
978-3-401-71535-3

Freundschaftsgeschichten
Unterschiede machen stark
978-3-401-71914-6

Die besten Kinderwitze zum Lesenlernen
978-3-401-71908-5

Jeder Band: Ab 6 Jahren • Themengeschichten mit Silbentrennung • Durchgehend farbig illustriert • 48 Seiten • Gebunden • Format 17,5 x 24,5 cm

Große Fibelschrift und Zeilentrennung nach Sinneinheiten

Mit Silbentrennung

Einfache Geschichten mit kurzen Zeilen

Viele farbige Bilder

Innenseite aus *»Die kleine Eulenhexe«* ISBN 978-3-401-71735-7

Diese Reihe ist auf die Fähigkeiten von Leseanfängern abgestimmt: Übersichtliche Leseeinheiten und kurze Zeilen sind ideal zum Lesenlernen. Das Hervorheben der Sprechsilben hilft dabei, ein Wort richtig lesen und verstehen zu können.

Empfohlen von Westermann